ARNO BACKHAUS

Hilfe, meine Eltern sind in einem schwierigen Alter!

ARNO BACKHAUS

Hilfe, meine Eltern sind in einem schwierigen Alter!

Ein Buch über dich,
deine Eltern, Freunde,
Gott und die Welt

Brendow
Verlag | Alles, was Sinn macht!

Bibliografische Information der Deutschen Nationalbibliothek
Die Deutsche Nationalbibliothek verzeichnet diese Publikation in der Deutschen Nationalbibliografie; detaillierte bibliografische Daten sind im Internet über http://dnb.d-nb.de abrufbar.

ISBN 978-3-86506-736-4

Gesamtgestaltung: Brendow Verlag, Moers
Titelfotos: fotolia © HAKKI ARSLAN, fotolia © eevl, fotolia © Andrey Kiselev
Druck und Verarbeitung: Brendow Web & Print, Moers
Printed in Germany

www.brendow-verlag.de

Kapitel 1
Werde (d)ein Superstar!
6

Kapitel 2
Mit Eltern muss man viel Geduld haben!
15

Kapitel 3
Geh DEINEN Weg
23

Kapitel 4
Liebe dich selbst!
32

Kapitel 5
Freundschaft leben
40

Kapitel 6
Über Luftballons und andere Sackgassen
55

Kapitel 7
Was wirklich hält
61

Kapitel 8
Leben ohne Ende
69

Kapitel 1

Werde (d)ein Superstar!

Kennst du das? Morgens geht's dir super, mittags beschissen, nachmittags findest du alles cool, abends heulst du vor lauter Frust ins Kissen und möchtest am liebsten weglaufen. Du stehst seelisch und sozial unter einem riesigen Druck. Was ist plötzlich los?

Du fühlst dich in 1000 Stücke zerrissen. Unendlich viele Bedürfnisse, Wünsche, Ideen, Sehnsüchte, Hass- und Streitgefühle fahren mit dir Achterbahn.

Treffen sich zwei Schafe, sagt das eine zum anderen: „Du siehst aber Schaf aus!"

Dein Körper wird dir immer fremder und unheimlicher. Bist du schon ein Mann oder noch ein Kind? Bist du schon eine Frau oder noch ein Mädchen?
Darfst du deine Mutter noch küssen oder nicht?
Warum wirst du so oft rot?
Was passiert nachts mit dir?

Nach außen wirkst du manchmal etwas schroff, unhöflich. Du bist laut, hastig, du rülpst vielleicht öfter rum – und das auch noch am Tisch deiner Eltern. Türen fallen schneller und lauter zu als früher. Keine Drohung, keine Strafe, kein „Sitzenbleiben!" scheint dich zur Vernunft zu bringen. Schule ist überhaupt das Unwichtigste, das du dir im Leben vorstellen kannst. Du bist einfach dagegen. Punkt. Da wird nicht diskutiert.

Ein hin und her Gerissensein in deinen Gefühlen und in deinem Kopf.
Ich denke, du solltest dir klarmachen, was gerade mit dir abgeht: Im Alter zwischen 12 und 18 Jahren wird aus dir ein völlig anderer Mensch. Bei dem einen geschieht das etwas früher, bei dem anderen etwas später.

Nicht nur dein Körper macht rasante Veränderungen durch, sondern auch deine ganze Persönlichkeit.
Du hast einiges durchzustehen, Selbst-

Ich möchte so sein, wie Gott mich haben will, weil er mich so liebt, als wäre ich es schon.

zweifel und Minderwertigkeitsgefühle gehören zur Tagesordnung: Wer will mich? Wer braucht mich? Ich kann nix, bin nix, hab nix, lass mich in Ruhe, geh weg. Und dazu kommt noch der ganze soziale Druck: von deinen Eltern, den Nachbarn, der Schule, von deinen Geschwistern, von der Verwandtschaft.

Auch dein Körper hat in dieser Zeit Unmenschliches zu leisten. Das bringt viel Schwieriges und Kompliziertes mit sich. Es gibt eine Untersuchung, die besagt, dass Teenies mehr Schlaf benötigen als Kleinkinder.
Wenn deine Mutter dir mit 12 Jahren sagt, du sollst Mittagsschlaf machen, ich weiß nicht, an welche Kopfhälfte du dich zuerst fasst, um sie für verrückt zu halten.
Aber wenn du gerne ausschlafen willst (am Samstag so bis 12 oder 14 Uhr), sag deinen Eltern einfach, dass du das brauchst und dass es sich nicht um eine neue Methode handelt, dich vor dem Rasenmähen zu drücken.

Es ist wirklich schwer, herauszufinden, wer du sein willst.

Als du klein warst, haben deine Eltern, deine Geschwister und deine Umwelt

dich geprägt: Da hat sich ganz tief in dir drin festgesetzt, ob du anderen und dem Leben überhaupt vertrauen kannst. In dieser Zeit hat sich dein Urvertrauen (oder auch Urmisstrauen) entwickelt. Kurze Zeit später, so mit 5 Jahren, hast du angefangen zu verstehen, dass du eine eigene Person bist: Du hast begonnen, dir eine eigene Meinung zu bilden. Du hast Erfolg und Misserfolg unterscheiden gelernt. Und jetzt bist du in der Phase, wo du selbst entscheiden musst, welche Rolle du in dieser Welt spielen willst.

Bis jetzt hast du deinen Vater, deine Mutter, deine Lehrer und Nachbarn beobachtet. In deinem Kopf schwirren und spuken zudem Namen von Rockbands, Models, Stars und Fußballspielern rum, von Typen, Idolen, Idealen und Vorbildern, die dir 1000 verschiedene Antwortmöglichkeiten auf die Frage bieten: Wer will ich sein?

Ich wollte, als ich Teenie war, immer so sein wie Armin Harry. Er war der Erste, der die 100 Meter in 10,0 Sekunden gelaufen ist. Und das als Deutscher. Harry war damals eine Riesenstory in allen Medien und weltweit der Superstar. Was habe ich also gemacht?

Ich habe regelmäßig unseren Bohner-Besen, ein Besen mit einem schweren Eisengewicht vorne, benutzt (es gab noch keine Bodybuilder-Zentren), um Muskeln aufzubauen. Ich habe trainiert wie ein Verrückter.

Doch je älter ich wurde, desto klarer wurde mir: Ich werde nie Armin Harry werden, geschweige denn so schnell laufen können wie er. Ich bleibe immer Arno Backhaus 1, ich werde nie Armin Harry 2. Diesen Traum musste ich begraben. Es war eine schmerzliche Beerdigung. Eine traurige Erkenntnis. Aber sie war nötig, um langsam ich selbst zu werden.

„Hat dir schon jemand gesagt, dass du gut aussiehst?“
„Nein.“
„Wird auch keiner!“

Auch du wirst solche Träume irgendwann begraben müssen.
Die Sache ist, welche Rolle willst du eigentlich spielen?
Nicht wen willst du kopieren, sondern wer willst du sein?

Du musst dringend einige Fragen klären:

> Welche Werte willst du für dich übernehmen?
> Was ist gut, was ist schlecht?
> Was ist richtig, was ist falsch?
> Was ist Wahrheit? Wo beginnt Unwahrheit? Oder ist alles relativ? Muss man alles tolerieren?
> Welche Eigenschaften sollen deine Eigenschaften sein?
> Welche Rolle willst du spielen?
> Was hat Gott in dich hineingelegt an Möglichkeiten?

Einiges, was Eltern in uns „hineinlegen" an Prägung und Erziehung, gleicht einer Sackgasse (Vorsicht: Ausnahmen bestätigen die Regel)! Welche Werte wurden dir vermittelt?
Keine? Ein bisschen wenig, oder?!
Geld? Ein bisschen gefährlich. Was ist, wenn du plötzlich arbeitslos wirst? Wird dann dein Leben wertlos?

Hauptsache, Leistung und Beruf? Und das soll reichen, um glücklich zu werden? Machen deine Eltern einen glücklichen Eindruck, wenn sie von der Arbeit kommen?

Wer bist du jetzt schon? Welche Schwächen und Begrenzungen, welche Gaben und Möglichkeiten hat Gott dir mitgegeben? Welches Potenzial steckt in dir? Was gibt es in dir zu entdecken?

In der Phase, in der du gerade steckst, stellt sich die Frage, wer du bist, wie du dich siehst (nicht wie die anderen dich sehen oder du sie). Wie du dich bewundern kannst und nicht irgendwelche Superstars.

Werde selbst dein Superstar!

Kapitel 2

Mit Eltern muss man viel Geduld haben!

Gib dieses Buch besser nicht deinen Eltern, sonst könnte es passieren, dass sie dir verbieten, es zu lesen oder es sogar irgendwo verstecken. Komm ihnen am besten zuvor, und parke es irgendwo, wo sie es nicht so schnell finden.

Ein Vater sagt zu seiner Tochter nach einem Streit: „Solange du die Füße unter unseren Tisch tust, machst du gefälligst, was wir dir sagen!"
Die Tochter daraufhin: „Was heißt hier unter eurem Tisch?!"

Eltern können wirklich sehr merkwürdig sein: Erst bringen sie dir das Laufen bei, und wenn du älter bist und laufen kannst, machen sie dich an: „Nun lauf doch nicht immer weg, bleib doch mal hier!"

Erst bringen sie dir das Sprechen bei, und wenn du älter bist und endlich sprechen kannst, beschweren sie sich: „Nun sprich doch nicht so viel. Du redest die ganze Zeit, hör doch endlich mal auf!"

Erst zeigen sie dir, wie man ordentlich isst, später meckern sie ständig rum: „Jetzt hör mal auf, so viel in dich hineinzustopfen. Schau doch mal, wie du aussiehst!!

Erst lehren sie dich, dass du dich waschen und kämmen sollst, später, wenn du ein Teenie bist, motzen sie dich ständig an: „Nun steh doch nicht immer vor dem Spiegel. Hast du sonst nichts zu tun?" Oder sie stehen vor der Toilettentür, klopfen an und mokieren sich, dass du nicht rauskommst, weil du dich zu lange zurechtmachst.

Erst bringen sie dir bei, eigene Entscheidungen zu fällen, und wenn du das dann endlich tust, beklagen sie sich, dass du nicht auf sie hören willst.

Merkst du, was da für eine Spannung in der Luft liegt? Eltern können Kinder manchmal ganz schön nerven. Ständig nörgeln sie an dir herum und machen dir das Leben schwer.

Glaub mir, ich kenne das Problem. Meine Mutter hat mich früher stark abgelehnt. Wenn ich Probleme gemacht habe (und ich habe meinen Eltern früher viele Probleme bereitet), sagte sie: „Wir schicken dich ins Heim zurück!“ Lange Zeit dachte ich wirklich, ich sei ein Adoptivkind, weil ich mir einfach nicht vorstellen konnte, dass eine Mutter so brutal zu ihrem Kind sein könnte. Mein Vater war leider nur ein Pantoffelheld, der nicht eingeschritten ist, sondern gemacht hat, was meine Mutter ihm sagte.

Deine Eltern haben's im Moment aber auch nicht gerade leicht. Sie sind hilflos – wie du –, sie geben's vielleicht nur nicht zu. Eben warst du noch süß und kuschelig (PERWOLL), jetzt bist du sauer und kratzig, nicht nur in deinen Kommentaren, sondern auch wegen deiner Bartstoppeln. Das kleine, mehr oder weniger gehorsame Kind ist für deine Eltern plötzlich zu einem großen, schwierigen Teenie geworden.

> Durften sie dich bis vor Kurzem noch abknutschen und knuddeln, drehst du dich plötzlich rum und sagst: „Igitt, du hast echt widerlichen Mundgeruch!“

> Bis vor Kurzem haben sie dir noch die Windel gewechselt, heute lässt du dir von ihnen noch nicht mal das Geld wechseln.

Eine Mutter zur anderen: „Guck doch mal, wie dein Kind aussieht?!! Willst du denn nicht mal die Pampers wechseln?!“
„Nee, ich habe mir extra eine Packung gekauft, auf der stand ‚bis 20 kg‘.“

> Bis vor Kurzem sind sie mit dir zum Arzt gefahren, wenn du Hilfe brauchtest, und haben dich getröstet. Wenn du dir das Knie aufgeschlagen hast, haben sie dir ein Pflaster draufgeklebt. Heute möchtest du ihnen am liebsten eine kleben, weil sie dich nerven und nicht in Ruhe lassen …

> Du bist bislang immer zu ihnen gelaufen, wenn du Hilfe brauchtest, und plötzlich willst du nichts mehr davon wissen. Wenn du nicht zurechtkommst, sagst du ihnen: „Das krieg ich schon alleine hin.“ Kriegst du zwar nicht, würdest du aber niemals zugeben.

Frau zum Doktor: „Mein Kind kann nicht schlafen, was soll ich machen?“ „Ich zähl immer bis drei!“ „Und das klappt?“ „Meistens gut, aber manchmal zähl ich auch bis halb vier.“

Stell dir mal deine Eltern vor. So eine schlagartige Veränderung ist ganz schön heavy! Sie haben gar nicht damit gerechnet, sie konnten sich nicht darauf einstellen.
Auf einmal dürfen sie gar nichts mehr, haben keinen Stich mehr bei dir. Bis vor Kurzem waren sie die Hauptsache. Über Nacht scheint es, dass sie für dich die größte Nebensache der Welt geworden sind. Sie waren deine Tankstelle, finanziell, menschlich und gefühlsmäßig. Aber im Moment laufen deine Eltern unter ferner liefen. Alles ist anders. Sie stehen jetzt nicht mehr im Mittelpunkt.

Das ist nur normal. Du musst deinen eigenen Weg finden. Du bist keineswegs verpflichtet, alles so zu machen, wie deine Eltern es dir sagen. Aber auch deine Eltern müssen erst langsam lernen, mit diesen Veränderungen umzugehen. Sie müssen lernen, dass du das Recht hast auf deinen eigenen Weg. Sie müssen lernen, loszulassen, freizulassen.

Eine gute Amselmutter schmeißt ihre Jungen irgendwann aus dem Nest. Buummms. Das sieht vordergründig brutal aus. Man könnte meinen, dass das doch auch liebevoller ginge. Aber im Gegenteil. Es ist Liebe. Die Amselmutter denkt dabei nur an das Amseljunge. Dieses muss schließlich selbstständig und lebenstüchtig werden. Es muss stark

werden. Und wenn es zu lange im Nest bleibt, wird es das nie!

Das Ziel von guten Eltern ist es, sich überflüssig zu machen. Sag ihnen das mal. Ich weiß nicht, was sie zu diesem Spruch sagen oder wie sie reagieren werden. Aber ich bin ziemlich sicher, dass es ihnen schwerfällt, das zu praktizieren. Deswegen: Mit Eltern muss man viel Geduld haben. Sie haben es nie gelernt. Und aus der Physik weißt du ja, die Masse ist träge. Und manche Eltern haben schon ganz schön Masse angesammelt. Da braucht es Zeit, sich auf Veränderungen einzustellen.

Übrigens: Deine Eltern waren vor ein paar Jahren in der gleichen Situation wie du, sie haben's nur total vergessen. Sie ahnen, dass du sie bald verlassen wirst, und fangen an, Panik zu schieben.

Sie sind wie Architekten, die 20 Jahre an einem Haus bauen und es mit Liebe und Zeitaufwand entwerfen – um dann nicht darin wohnen zu dürfen.

Sie sind wie ein Meisterkoch, der 20 Jahre an einem Gericht arbeitet, und dann kommen andere und essen alles auf. Er darf noch nicht mal kosten.

Sie sind wie ein Trainer, der trainiert und trainiert, bis die Mannschaft gewinnt, aber am Ende bekommen andere den Pokal. Alle tun so, als hätte der Trainer nichts mit dem Sieg zu tun.

Deine Eltern haben 15 bis 20 Jahre Zeit, Geld und Liebe in dich investiert, und dann müssen sie dich einfach so loslassen. Sie haben so viel in dich investiert, und auf einmal gehst du weg, und sie können nur noch winken. Das ist ganz schön brutal für sie. Am liebsten würden sie dir nachrufen: „Ey, du kannst doch nicht einfach so weggehen!“ Aber doch! Das kannst und musst du, es ist dein Leben.

Eltern und Lehrer haben die Aufgabe, sich überflüssig zu machen. Eine gute Erziehung zielt darauf ab, dass du selbstständig wirst. Wirst du es aber, dann klammern sie plötzlich.

60 % der Jugendlichen erklären, dass ihre Eltern sie nicht verstehen. Das ist sicher nichts Neues, das war schon immer so. Nur umgekehrt hat sich etwas verändert: Heutzutage geben auch viele Eltern zu, ihre heranwachsenden Kinder nicht mehr zu verstehen. Sie zweifeln an ihren Fähigkeiten als Erzieher. Und das nicht ohne Grund. In den vergangenen Jahrzehnten hat sich so viel verändert, dass die meisten den Überblick verloren haben, wenn es ums Thema Erziehung geht:

Darf ich mein Kind schlagen? Ja, aber nicht mit dem Kochlöffel; Nein, nur auf die Pampers; Überhaupt nicht, sonst zeige ich dich an!

Muss ich alles erlauben, darf ich nichts mehr sagen?

Bis wann dürfen Kinder Fernsehen schauen? Die einen sagen, bis 22 Uhr, die anderen, bis 18 Uhr!

Wie viel Taschengeld bekommt mein Kind? Oder ist Wirtschaftsgeld sinnvoller?

Fragen über Fragen, und jeder sagt was anderes.

Eltern sind verwirrt, auch deine. Sie geben's vielleicht nicht zu, aber die meisten blicken bei den vielen Erziehungsmodellen überhaupt nicht mehr durch.

Darüber hinaus müssen deine Eltern mit den ständigen Veränderungen in Technik, Erziehung, Ideologie und all den vielen Alltagsdingen fertigwerden. Eben noch Reichsmark, dann Ostmark, dann Westmark, dann Euro, danach Plastikgeld. Halt sie nicht für blöd, wenn sie nicht mehr ganz mitkommen mit Homebanking und Internet. Halte sie nicht für rückständig, wenn sie noch nicht mal den DVD-Recorder programmieren können und ein Kickboard für ein Fußballbrett halten. Versuche lieber, deinen Eltern zu helfen, dass sie deine Welt verstehen.

- Wenn sie deinen Musikgeschmack nicht mögen, sag ihnen, dass das bei ihnen und ihren Eltern sicher auch so war.

- Wenn sie sich über deine Kleidung ärgern, sag ihnen, dass sie in ihrem Alter wahrscheinlich genauso aussahen wie der Rest ihrer Freunde.

Wenn du das getan hast, erwarte aber nicht, dass deine Eltern dich plötzlich verstehen. Wenn das wirklich der Fall wäre, wäre dein Leben von nun an entweder ziemlich langweilig oder sehr seltsam.

Deine Eltern haben in ihrer Kindheit und Jugend bestimmte Fehler gemacht. Natürlich ist es ihr Ziel, dass du nicht die gleichen noch mal machst. Sie wünschen sich, dass du aus ihren Fehlern lernst. Aber das funktioniert leider nicht! Deine Eltern müssen dir zutrauen, deine eigenen Erfahrungen zu machen. Fehler sind wichtig für die Entwicklung eines Menschen. Bis das deine Eltern aber verstehen, geschweige denn dir zugestehen, dauert es manchmal eine Ewigkeit. Mit Eltern muss man viel Geduld haben, sie verändern sich nur sehr langsam.

Kapitel 3

Geh DEINEN Weg

Es ist das Grundbedürfnis jedes Jugendlichen, unabhängiger zu werden. Darin liegt nichts Böses. Im Gegenteil. Höchstens wenn es nicht so wäre, gäbe es Grund zur Besorgnis. Und doch haben Eltern große Schwierigkeiten, ihre Kinder freizugeben. In der Phase der Ablösung von ihnen kracht es oft ganz gewaltig.

Du hast in letzter Zeit wahrscheinlich immer öfter das Gefühl, deine Eltern stehen dir im Weg. Du empfindest eine gewisse Ablehnung ihnen gegenüber. Mach dir deswegen kein schlechtes Gewissen. Das ist normal. Aber halte das Gebot „Ehre Vater und Mutter" trotzdem. In meinem Herkunftswörterbuch steht, dass „ehren" vom Wortstamm her u.a. mit Gnade, Mitleid, Würde und Hilfe zu tun hat. Man könnte auch sagen: „Sei gnädig mit deinen Eltern, habe Mitleid mit ihnen, hilf ihnen. Sie haben das Recht auf Würde, behandele sie nicht wie einen Putzlappen."
Du kannst sie sogar in Zeiten ehren, in denen du mit Händen und Füßen versuchst, dich von ihnen loszulösen. Ehre sie für das Gute, das sie dir in all den Jahren getan haben. Das bedeutet aber nicht, dass du zu allem Ja und Amen sagen musst. Selbst wenn du durch deinen Eigensinn Fehler machst, lass dir nicht einreden: „Ich hab's dir ja gesagt!" Du darfst, ja du musst deine eigenen Fehler machen!
Aber denke daran, auch deine Eltern dürfen Fehler machen. Gib ihnen das Recht, auch dir gegenüber zu versagen. Hab Geduld mit ihnen.

Viele sehen in ihren Eltern entweder Engel mit Flügeln oder Teufelchen mit Pferdefuß. Mach diesen Fehler nicht. Beide Einschätzungen haben tragische Folgen: Teens, die sich nicht von den Eltern lösen können, sehen in ihnen eine Art Gott, dem es bedingungslos zu gehorchen gilt. Das kann unterschiedliche Ursachen haben: Entweder, dass sie sich wie ein Gott aufspielen, indem sie Macht und Druck ausüben. Oder es liegt daran, dass du Angst hast vor der Eigenständigkeit und dich geborgener fühlst in dem Umfeld deiner Eltern. Du willst nicht aus dem kuscheligen Nest, wo es schön warm und heimelig ist, wo du nur den Schnabel aufsperren musst, damit deine Bedürfnisse befriedigt werden.

Doch wenn dich deine Eltern nicht aus dem Nest werfen oder du dich selbst auf den Weg hin zur Selbstständigkeit begibst, kann das fatale Folgen haben: Es kommt tatsächlich vor, dass sich selbst 50-Jährige noch immer wie hilflose Kinder benehmen: unfähig zum Leben, zur Eigenentscheidung und zur Verantwortung. Mit ihrem unreifen Verhalten machen sie sich, ihren Partner und ihre Umgebung kaputt. Ich kenne genügend ältere Erwachsene, die nie ihren eigenen Weg gesucht haben.

Die, die in ihren Eltern nur das Negative sehen, werden sie verachten und hassen. Wie oft ist es vorgekommen, dass ältere Kinder im Erwachsenenalter sich an ihren Eltern gerächt haben für das Leid, das man ihnen zugefügt hat – sei es in konkreten Handlungen oder einfach durch Kontaktsperre. Damit zerstören sie nicht nur ihre Eltern, sondern auch sich selbst.

An beiden Bildern gehst du kaputt. Eltern sind weder Götter noch Teufel. Sie machen weder alles richtig noch alles falsch. Ihre Aufgabe (und die von dir selbst) ist es, dass du dich von ihnen löst, trennst und deine eigenen Wege gehst. Das braucht Zeit und ist ein schmerzlicher Prozess: für dich, weil es dir nicht schnell genug geht, und für deine Eltern, weil es ihnen viel zu schnell geht.

Mit Eltern muss man viel Geduld haben, wenn man seinen eigenen Weg gehen will.

Krach zu Hause ist in deiner Situation das Selbstverständlichste der Welt.

Vielleicht geht es dir manchmal wie bei einer Fahrt durch einen Tunnel. Du kommst in Situationen, in denen es dunkel ist: Du blickst nicht mehr durch, hast keine Übersicht, weißt nicht, wo's langgeht. Aber du musst weiter, um irgendwann das andere Ende zu erreichen. Der Tunnel ist ja nicht das Ziel.

Die Schwierigkeiten, die es im Moment zu Haus gibt, der Krach, der Stress und der Ärger, sind ebenfalls nicht die letzte

Station. Glaube mir: Es wird wieder besser werden. Aber erst mal musst du da durch.

Wenn du im Tunnel aussteigen würdest, weil du Angst vor der Dunkelheit hast, den Konflikten und dem Krach mit deinen Eltern aus dem Weg gehen willst, würdest du dich nicht weiterentwickeln. Du würdest dich selbst zerstören und Rückschritte statt Fortschritte in deiner Persönlichkeitsreifung machen.

Gott hat uns so geschaffen, dass wir unsere Eltern verlassen müssen, wenn wir uns weiterentwickeln wollen. Lies mal in der Bibel im Alten Testament, 1. Mose 2, 24. Darum verlässt ein Mann seine Eltern und verbindet sich so eng mit seiner Frau, dass die beiden eins sind mit Leib und Seele. (Hoffnung für alle)

Gott möchte, dass wir wachsen, dass wir weiterkommen, dass wir reifen, dass wir unseren eigenen Weg finden. Es

gehört zu einer gesunden Entwicklung, dass du deine eigenen Ansichten und Meinungen ausbildest und einen starken Willen entwickelst.

Zornig zu sein auf seine Eltern ist bei Jugendlichen ein normaler Zustand. Besonders wenn sie das Gefühl haben, ihre Eltern stünden ihnen im Weg.

In jeder gesunden Entwicklung gibt es Krach, Streit und Konflikte. Zu jeder gesunden Entwicklung eines Kindes gehören kaputte Vasen, kaputte Hosen und Essensreste auf dem T-Shirt. Wenn sich ein kleines Kind nie die Knie blutig schlägt, nie ein Loch in die Hose macht, nie etwas umwirft oder das T-Shirt voller Spinat kleckert, dann stimmt was nicht, dann muss man sich Gedanken und Sorgen machen.

Wenn es bei dir zu Hause Krach gibt, kannst du davon ausgehen, dass du eine ganz normale Entwicklung durchmachst! Sorgen müsstest du dir nur machen, wenn dem nicht so wäre. Dann kannst du dir eine Frage stellen: Ist es möglich, dass du solche Ängste vor deinen Eltern hast bzw. so abhängig von ihnen bist, dass du dich nicht traust, deinen Mund aufzumachen?

Diese Spannungen hat jeder mitgemacht, auch deine Eltern, als sie so alt waren wie du.

Die Frage ist, wie gehst du mit den Konflikten und dem Krach um, ohne daran kaputtzugehen und das Verhältnis zu deinen Eltern grundsätzlich zu zerstören? Wie verhältst du dich im Tunnel?

Hier ein paar Tipps:

- ✗ Steigere dich nicht in Panik hinein,
- ✗ bleibe bei allen Konflikten gelassen,
- ✗ gerate nicht in Hektik, sag nicht: „Jetzt ist alles aus."
- ✗ Du kannst heulen oder schreien, in dein Kissen brüllen, ganze Betttücher nass weinen, Tagebücher vollschreiben – mach alles, aber es gibt überhaupt keinen Grund, zu resignieren und dich in Panik zu steigern.
- ✗ Schätze deine Eltern realistisch ein, auch sie sind Menschen, die Fehler und Schwächen haben dürfen, nicht nur du.
- ✗ Auch sie dürfen versagen, selbst bei der Erziehung.
- ✗ Hab Geduld mit ihnen. Es braucht lange, bis Eltern etwas einsehen.
- ✗ Zeichne doch mal die Person, auf die du wütend oder zornig bist, oder schreibe genau auf, was dich ärgert, was dir stinkt, mach ein Gedicht daraus. Und dann zerreiße das Papier, und verbrenne es, sodass es keiner lesen kann. Du willst ja keinen ärgern, du willst nur irgendwohin mit deinen Gefühlen.
- ✗ Versuche deinen Eltern zu erklären, was dir Probleme bereitet, und bleibe ruhig dabei. Bemühe dich, auf Vorwürfe gelassen zu reagieren. Ich weiß: Es ist nicht gerade einfach, einen kühlen Kopf zu behalten, wenn sie ihre Nase ständig in deine Privatangelegenheiten stecken, wenn sie in dein Zimmer „einbrechen", wenn sie nicht anklopfen, wenn sie dir den Schlüssel wegnehmen ...
- ✗ Versuche deine Gefühle im Zaum zu halten und damit zu leben, dass es zwischen euch zu Reibungen kommt. Der Aufruhr, der durch dich entsteht, ist ganz normal. Er ist nichts Außergewöhnliches.
- ✗ Und gib deine Gefühle an Jesus ab. Halte dich an ihm fest, sag ihm allen Frust im Gebet.
- ✗ **Als ich mit 17 Jahren Krach mit meinen Eltern hatte, bin ich aus dem Fenster gesprungen (gut, wir wohnten im Erdgeschoss), habe meine Bibel mitgenommen, im nächsten Park zwei Stunden darin gelesen, gebetet und meinen ganzen Frust Gott mitgeteilt. Das hat mich getröstet. ER hat mich getröstet. Mach das auch, lass alles bei Gott ab, lass es bei ihm raus! Du bist dort gut aufgehoben.**

Wenn dich einer versteht, dann ist es Jesus. Weil er ähnliche Konflikte durchzustehen hatte wie du. Den Wunsch nach Selbstständigkeit und einem eigenen Weg kannte er auch. Lies mal in der Bibel im Neuen Testament, Lukas 2, ab Vers 41:

Die Eltern Jesu gingen jedes Jahr zum Passahfest nach Jerusalem.
Das ist für die damalige Zeit eine ähnlich große Sache wie heute der Massenansturm auf dem Oktoberfest. Der Unterschied: Das Passahfest war ein religiöses Fest, das Oktoberfest ein Volksfest. Trotzdem ging's auf dem Passahfest für die damalige Zeit ganz schön zur Sache, auch hier spielte Alkohol eine gewisse Rolle.

Als Jesus 12 Jahre alt war (also so alt wie du vielleicht im Moment), *nahmen sie* (die Eltern) *ihn* (Jesus) *zum ersten Mal mit. Nach den Feiertagen machten sie sich wieder auf den Heimweg* (und jetzt kommt's), *aber JESUS BLIEB OHNE WISSEN SEINER ELTERN IN JERUSALEM.*
Probier das mal! Fahr doch mal mit deinen Eltern in einer Reisegesellschaft mit 2–3 Bussen zum Oktoberfest, und bleib dann einfach in München, während deine Eltern zurückfahren und denken, du wärst in einem anderen Bus. Was wird los sein, wenn sie zu Hause ankommen und dich nirgends finden können?
„Wo ist Mareike denn hin? 12 Jahre alt und allein auf dem Oktoberfest!"
Deine Eltern sind am Ausrasten. Gut, Jesus war kein Mädchen, aber ich glaube nicht, dass Eltern sich bei einem 12-jährigen Jungen weniger Sorgen machen.
„Eine Unverschämtheit. Bleibt einfach da, ohne uns Bescheid zu sagen." In der Bibel steht *„ohne Wissen seiner Eltern"*. Das ist also keine Interpretation meinerseits.

Sie gingen den ganzen Tag und suchten ihn dann abends unter ihren Verwandten und Bekannten.
Haben deine Eltern dich schon mal, als du 12 warst, einen ganzen (!) Tag suchen müssen? Von morgens bis abends? Wie würden sie reagieren, wenn sie dich endlich finden? Ich hätte mich zu Hause warm anziehen können.

Als sie ihn nicht fanden, kehrten sie nach Jerusalem zurück und suchten ihn dort.
Der ganze Treck wieder zurück. Die sind nicht mit dem ICE gefahren, das war HDP (holperdiepolter), mit Esel über Stock und Stein.

Am dritten Tag endlich entdeckten sie ihn im Tempel. Er saß bei den Gesetzeslehrern, hörte ihnen zu und diskutierte mit ihnen. Alle, die dabei waren, staunten über sein Verständnis und seine Antworten.
Stell dir vor, deine Eltern fahren von Dortmund wieder zurück nach München und suchen dich drei Tage auf dem Oktoberfest. Endlich finden sie dich am Rand des Festes in einer Kirche, und du diskutierst mit anderen Jugendlichen über Gott.

Seine Eltern waren ganz außer sich, als sie ihn hier fanden. Die Mutter sagte zu ihm: „Kind, warum machst du uns solche Sorgen? Dein Vater und ich haben dich ganz verzweifelt gesucht."
Jesu Eltern hätten ja auch denken können: Gut, er hatte wenigstens keinen schlechten Umgang. Er war in guten Händen im Tempel. Aber das war ihnen egal. Die Tatsache, dass sie ihn im Tempel und nicht irgendwo in einer Kneipe gefunden hatten, spielte für sie überhaupt keine Rolle ... Leider steht in der Bibel keine Phonzahl hinter den Ansagen von Maria. Den Satz oben hat sie garantiert nicht ruhig und rücksichtsvoll gesagt. Ich kann mir vorstellen, dass der ganz schön scharf rüberkam. Das haben bestimmt alle Leute im Umkreis von 50 Metern gehört. Die Orientalen sind ja dafür bekannt, dass sie nicht gerade leise sind.

Jesus antwortete: „Warum habt ihr mich denn gesucht? Habt ihr nicht gewusst, dass ich im Haus meines Vaters sein muss?" Aber sie verstanden nicht, was er damit meinte.
Typisch Eltern. Eltern verstehen ihre Teenies nicht. Da waren auch die Eltern Jesu keine Ausnahme.

Jesus kehrte mit seinen Eltern nach Nazareth zurück und gehorchte ihnen willig.
Einmal setzt er seinen eigenen Kopf durch, dann gehorcht er auf einmal wieder.
Seine Mutter bewahrte das alles in ihrem Herzen. Jesus nahm weiter zu an Jahren wie an Verständnis, und Gott und die Menschen hatten ihre Freude an ihm.

Jesus ist in dieser Geschichte seinen eigenen Weg gegangen – und hat seine Eltern trotzdem geachtet. Er reagierte auf den massiven Konflikt ziemlich sachlich. Er pochte nicht darauf zu bleiben, und ersparte seinen Eltern Kommentare wie: „Ihr mit eurer Meinung könnt mir gestohlen bleiben, ich bleibe hier!" Aber:

Er hat sich auch nicht entschuldigt. „Oh, das tut mir leid, ja, ihr habt euch Sorgen gemacht, das will ich nicht wieder machen", oder etwas in der Richtung. Der eigene Weg, inklusive dem Krach, der daraufhin folgt, ist für ihn selbstverständlich, so als ob er sagen will: „Na logisch, mit 12 Jahren mache ich langsam mein eigenes Ding."

Das wär's doch, wenn du das hinbekämst: deinen eigenen Weg zu gehen und trotzdem deine Eltern zu achten. So wie Jesus!

Jesus versteht dich. Auch in den Situationen, in denen du auf deiner Bettkante hockst, in ein tiefes Loch fällst und dich nicht verstanden fühlst. Wenn dich keiner versteht, vielleicht nicht einmal du selbst. Dann, wenn du der einsamste Mensch der Welt bist, wenn du am liebsten einfach weglaufen würdest.

Er hat selbst auch erlebt, wie es ist, von allen verlassen zu werden: selbst von seinen engsten und besten Freunden. Das ist schlimm. Es gibt fast nichts Schlimmeres, als von seiner Clique verlassen und verraten zu werden. Das geht ganz tief rein. Jesus hat es mitgemacht, am Kreuz. Damals sind sie alle abgehauen und haben ihn alleine gelassen. Er kann deine Einsamkeit nachvollziehen, dein Nicht-verstanden-Werden. Er hat am Kreuz, als er für uns starb, alles durchgemacht: tiefste Einsamkeit, Verlassenheit pur, Tunnelerfahrung 100%. Wende dich mit deinen Gefühlen an ihn. Er liebt dich nicht nur, wenn du dich einigermaßen benimmst, sondern gerade auch dann, wenn du dir deine Eltern auf den Mond wünschst, wenn du nicht mehr leben willst, wenn du die Türen knallst. Er liebt dich, wenn du Zweifel an ihm hast, an dir, an allem. Du bringst Jesus nicht dazu, gegen dich zu sein.

Kapitel 4

Liebe dich selbst!

Jesus schätzt dich so, wie du bist. Ich weiß nicht, ob dir das bewusst ist. Nicht so, wie du sein solltest, sondern so, wie du bist.

Wer liebt dich so, wie du Biest?

Er sieht nicht deine Schwächen, sondern das Potenzial, das er dir gegeben hat, das sich durch die Nähe zu ihm, durch die Gemeinschaft mit Jesus, entfalten kann. Wenn Gott dich liebt, warum solltest du dann von dir schlechter denken als er? Gott möchte, dass du dich annimmst.

Es ist nicht nur richtig, sich zu lieben, sondern auch wichtig. Wenn du Schwierigkeiten hast, dich mit deinen ganzen Macken, Ecken und Kanten anzunehmen, dann bitte Gott, dein Denken über dich selbst zu verändern. Gott ist begeistert von dir!

In Psalm 8 heißt es: „Ich bestaune den Himmel, den du gemacht hast, Mond und Sterne auf ihren Bahnen: Wie klein ist da der Mensch! Und doch gibst du dich mit ihm ab. Ja, du hast ihm Macht und Würde verliehen; es fehlt nicht viel, und er wäre wie du …“

**Etwas niedriger als die himmlischen Wesen.
Das bist du.
Du bist ein Engel, dir fehlen nur noch Flügel.
Wirklich!**

Was denkst du über dich? Denkst du, du seist Müll, Dreck? Ein Nichts, ein Versager?
Glaub nicht deinen Gefühlen, die können dich ganz schön belügen.

➢ Glaube nicht den Leuten, wenn sie sagen, dass du nichts wert bist. Selbst wenn es deine Freunde, Eltern oder deine Verwandtschaft sein sollte.

Glaub nicht der Bravo oder anderen Magazinen. Glaub nicht dem Fernsehen oder der Werbung, die dir einreden will, dass du nur wertvoll bist, wenn du schön bist, stark bist, intelligent bist, eine bestimmte Marke trägst oder nach etwas Bestimmtem riechst ... Glaub dem, der das Leben erfunden hat, der das Leben ist. Jesus sagt von sich selbst: „Ich bin der Weg, die Wahrheit und das Leben." Jesus ist kein Abklatsch von irgendwas. Glaub dem Original und nicht der Kopie. Jesus sagt: „Du bist wertvoll, ich habe alles gemacht, damit du ein Ticket für den Himmel bekommst."

Wenn dein Haus brennt, holst du doch nicht in letzter Minute die Tempotaschentücher aus dem Haus, sondern das Wichtigste, das es für dich gibt, Menschen. Dass Jesus sein Leben für uns riskiert, zeigt, dass wir für ihn das Wichtigste sind, was es zu retten gibt. Warum er sich so existenziell für uns einsetzt, kann ich nicht nachvollziehen. Warum er uns unbedingt im Himmel dabeihaben will, obwohl wir ihm doch hier auf der Erde so viel Stress machen, kann ich nicht verstehen. Der tut ja fast so, als wenn er uns im Himmel braucht. Aber er kommt doch bestens mit seinem Vater und dem Heiligen Geist zurecht, ihm fehlt nichts. Und trotzdem will er eine Ewigkeit mit uns Gemeinschaft. Unvorstellbar. Kann ich nicht verstehen. Aber mein Job ist ja auch nicht, Gott zu verstehen, sondern zu lieben. Gott kann ich als Mensch nicht verstehen. Das ist ja fast so, als wenn eine Ameise den Oberförster verstehen wollte. Gott spielt in einer anderen Liga. Mein Gehirn ist zu klein und begrenzt für Gottes Existenz.

Prediger 11, 9–10: Freu dich, junger Mensch! Sei glücklich, solange du noch jung bist! Tu, was dir Spaß macht, wozu deine Augen dich locken! Aber vergiss nicht, dass Gott für alles von dir Rechenschaft fordern wird. Halte dir den Ärger von der Seele und die Krankheit vom Leib. Jugend und dunkles Haar sind so vergänglich. (Gute Nachricht)

Dieser Spruch steht in der Bibel. Den haben nicht Oliver Pocher, der Hansa-Park oder Walt Disney erfunden. Die Spaßmentalität ist Gottes Idee. Gott möchte, dass du, gerade wenn du jung bist, Spaß hast. Gott möchte, dass wir uns freuen, dass wir positiv „ausrasten" und „explodieren", dass wir ausgelassen sind wie junge Kälber und auf der Wiese herumrasen. Nur soll der Spaß Spaß machen, ohne zum Ernst zu werden.

Erinnerst du dich noch an die Jugendlichen, die vor ein paar Monaten von der Autobahnbrücke Steine auf Autos geworfen haben? Sie hatten dabei eine Mordsgaudi. Und aus der Gaudi wurde Mord. Denn ein Autofahrer wollte einem Stein ausweichen, hat sich überschlagen und ist gestorben.

Genieße das Leben in vollen Zügen, aber mach dich dabei nicht kaputt. Gerade wenn du jung bist, musst du nicht mit Ehe und Kindern, mit Berufswelt und gesundheitlichen Beschwerden kämpfen. Das kommt oft schneller, als einem lieb ist. Deshalb: Genieße dein junges Leben!

Freunschaft leben

Kapitel 5

Freundschaft leben

Beziehungen könnten ja ganz schön sein, wenn da bloß die anderen nicht wären

Bis jetzt haben deine Eltern vielleicht nie übertrieben in dein Leben hineingeredet. Aber seit du angefangen hast, dir deine eigenen Freunde zu suchen und dich mit Jugendlichen des anderen Geschlechts zu verabreden, sind sie so neugierig wie alle Geheimdienste der Welt zusammen. Warum? Ganz einfach: Weil sie ahnen, dass du sie irgendwann ganz verlassen wirst. Sie bekommen gerade einen Vorgeschmack auf das, was ihnen in den nächsten Jahren bevorsteht. Du sagst jetzt schon nicht mehr, wo du hingehst und wann du zurückkommst. Bald müssen sie dich ganz abgeben. Dein vieles Unterwegssein ist schon ein Anfang. Lass dir deswegen kein schlechtes Gewissen machen. Du gehörst ihnen ja nicht. Sie haben dich nur für eine kurze Zeit zur Verfügung gestellt bekommen. Das müssen sie aber erst lernen. Deswegen: Bleibe gelassen, wenn deine Eltern ausrasten, weil sie wissen wollen, wo du wieder warst. Du weißt ja: Mit Eltern muss man viel Geduld haben.

Du befindest dich in einer wichtigen, aber auch sehr schwierigen Phase des Lebens. Man sagt, dass der Mensch zwischen 13 und 15 Jahren die härteste Zeit seines Lebens durchzumachen hat.
Du bist kein Kind mehr, aber auch noch kein Erwachsener.
Du willst nicht wie ein Kind behandelt werden, aber kannst auch noch nicht die Verantwortung von Erwachsenen übernehmen.
Die Gefühle gehen hoch und runter wie auf einer Achterbahn.

In deiner jetzigen Phase ist die Gruppe von Leuten, die gleich alt sind wie du, unendlich wichtig. Du suchst Halt und Anlehnung bei deinen Leidensgenossen.

Logisch. Die, die die gleichen Probleme zu Hause oder in der Schule haben, verstehen dich halt am besten.

Beziehungen und Freunde sind wichtiger als alle Wünsche und Besitztümer.

Beziehungen geben Sicherheit, geben Halt. Du bist ja dabei, dich von deiner Familie, von deinen Eltern zu lösen. Was sie dir bisher gegeben haben, musst du dir jetzt an anderer Stelle suchen. Teenager möchten sich mit ihren Freunden wie in einer Familie fühlen. Gruppen aus Freunden können der Raum für wertvolle Erfahrungen sein.

Wenn du gemeinsam mit deinen Freunden etwas unternimmst, dann ist das

Freundschaft ist das Schönste

auf der Welt.

großartig. Ein Gemeinschaftsgefühl entsteht, ihr könnt über die gleichen Dinge lachen, heulen und reden.

Es gibt viele gute Gründe, eine Freundschaft einzugehen:

- Du fühlst dich vielleicht besser verstanden als von deinen Eltern, vielleicht sogar das erste Mal überhaupt,
- jemand hat Zeit für dich und deine Fragen,
- ihr könnt zusammen etwas Verrücktes erleben,
- je mehr du zu Hause eingeengt wirst, desto eher kann deine Freundschaft auch ein Kampf um Unabhängigkeit sein.

Freundschaft ist das Schönste auf der Welt.

Freunde können uns verändern: Sie können aus stillen, zurückgezogenen Typen echte Energiebündel machen. Wenn deine Freunde laufend kreative Einfälle haben, dich akzeptieren und dich mitziehen, kann dich das ganz schön umkrempeln.

Der beste Weg, einen Freund zu gewinnen, ist, ein guter Freund zu sein. Wie macht man das?

* Mach dich niemals über andere lustig, und verspotte sie nicht!
* Lass sie wissen, dass du sie respektierst und sie dir wichtig sind.
* Mache einen bewussten Versuch, dich für ihre Gefühle zu interessieren. Du wirst schnell feststellen, dass viele im Gegenzug sich auch für dich interessieren werden.

Jeder will einen Freund haben, aber nur wenige geben sich die Mühe, auch ein Freund zu sein. Da geht es um Offenheit, Treue, Verschwiegenheit, Ermutigung und Ehrlichkeit. Echte Freunde sind nicht auf den eigenen Vorteil bedacht, sondern versuchen, vom Freund her zu denken. Wer einen guten Freund hat, braucht keinen Spiegel.

Freue dich über die Menschen, die dich lieben, obwohl sie dich kennen (nicht weil sie dich kennen). Das sind echte Freunde!

Es ist doch keine Kunst, jemanden zu lieben,
* weil er die gleichen Hobbys hat,
* weil er so lustig ist,
* weil er mir immer am Computer hilft,
* weil er so sympathisch ist.

Es ist eine große Kunst, jemanden zu lieben,

* obwohl ich ihn kenne,
* obwohl er ganz andere Hobbys hat,
* obwohl er immer so zickig ist,
* obwohl er mich nie an seinen Computer ranlässt.

Gemeinschaft mit anderen Leuten setzt Energien frei: deine persönliche Eigenart wird ausgebildet, Gemeinschaft zeigt dir deine Möglichkeiten und Grenzen.

Es gibt allerdings auch Freunde und Cliquen, die einen stark unter Druck setzen. Man spricht dann von Gruppenzwang. Das kann ganz schön ans Eingemachte gehen. Mancher von euch ist bereit, seine Familie und vielleicht auch seinen Glauben an Gott aufzugeben, nur damit er in der Gruppe anerkannt ist und nicht ausgeschlossen wird. Gerade wenn du zu Hause wenig Liebe erfahren hast, weil dort eher eine Atmosphäre der Kälte herrschte, bist du gefährdet. Du tust alles, was die Gruppe oder ihr Anführer will. Was bestimmte Typen sagen, wird für dich zum Maßstab. Klar: Wenn dein Vater nie mit dir redet, tut es gut, wenn jemand Interesse an dir zeigt, selbst wenn er es letztendlich nicht gut mit dir meint.

Ein Teenager oder Jugendlicher mit gesundem Selbstbewusstsein und persönlichen Überzeugungen wird sich nicht so schnell unter Druck setzen lassen.

Die Einschätzung, ob man sich als wertvoll empfindet, hängt bei vielen stark davon ab, wie andere auf sie reagieren. Da können auch Situationen, die eigentlich ziemlich harmlos sind, tiefe Narben hinterlassen:
Wenn andere über dich Witze machen, wenn sie über dich spotten, etwa wenn du aus dem Bus steigst und stolperst oder gegen einen Laternenpfahl rennst.

**Ein Vater guckt mit seinem Sohn Fernsehen.
Plötzlich geht der Fernseher kaputt.
Da schaut der Vater sein Kind an und staunt:
„Junge, bist du groß geworden!“**

Ein Mann fragt einen anderen: „Eh du, kennst du Bert?“ – „Welchen Bert denn?“ – „Camembert.“ – „Oh Mann!“ Am nächsten Tag die gleiche Frage: „Eh du, kennst du Bert?“ – „Welchen Bert denn?“ – „Camembert“ – „Oh Mann!“ Der Mann geht zu seinem Chef und sagt: „Da ist einer, der fragt mich immer, ob ich Bert kenne. Ich frage dann: Welchen Bert denn?‘, und er sagt dann: ‘Camembert‘, und ich sag dann immer: ‚Oh Mann!‘“
Der Chef daraufhin: „Da gibt es doch eine einfache Lösung. Frag ihn doch mal, ob er Löscher kennt. Dann fragt er, ‘Welcher Löscher?‘, und dann sagst du: ‘Feuerlöscher‘, und dann sagt er: ‚Oh Mann.‘“
Der Mann ist begeistert, geht los und fragt ganz selbstbewusst: „Kennst du eigentlich Löscher?“ – „Ist das der Bruder von Bert?“ – „Von welchem Bert denn?“ – „Camembert.“ – „ Oh Mann.“

Das Umgekehrte ist aber auch möglich. Als ich 14 war, hat ganz nebenbei ein Erwachsener in einem Zeltlager zu mir gesagt: „Du wirst sicher mal ein guter Jungscharleiter werden." Das ist ganz tief in mich hineingefallen und hat mir dringend benötigtes Selbstbewusstsein gegeben. Als ich 16 Jahre wurde, bin ich sofort Jungscharleiter geworden, und das mache ich heute noch. Merkst du, wie mächtig Worte sein können, selbst Kommentare, die man so nebenbei fallen lässt?

Es kann zutiefst schmerzen, auf einem Schulausflug alleine im Bus sitzen zu müssen oder von der Gruppe ausgelacht zu werden. Solche sozialen Katastrophen sind nicht schön und können ganz tief in deine Gefühlswelt eintauchen. Manche werden sie ihr Leben lang nicht vergessen.

Wie gehst du damit um, wenn in der Schule alle nur auf dir rumhacken und du das Gefühl hast, du reichst nicht aus, du bringst es nicht, schaffst es nicht, du bist unzulänglich, minderwertig? Manche ziehen sich dann zurück in die innere Verschlossenheit, in die innere Emigration – aber Vorsicht, dieser Rückzug ist tödlich.

Wenn du diesen Weg wählst, hast du für dich beschlossen, dass dein Gefühl die Wirklichkeit bestimmt. Du glaubst daran, dass du minderwertig bist. Dein eigener Wert ist dann ganz und gar abhängig von der Reaktion der Menschen in deinem Umfeld, und die können manchmal ganz schön unbarmherzig sein.
„Ja, ich bin ein Versager, wie ich es befürchtet habe. Sie lachen über mich, wo kann ich mich verstecken?"

Du ziehst dich zurück und bist von deiner eigenen Wertlosigkeit überzeugt. Das ist dein 1. Fehler, denn: keiner ist wertlos, selbst wenn sie dir alle einreden, auf dich verzichten zu können.

Wenn ich mich selbst verachte –
Gott achtet mich noch!
Wenn ich mich am liebsten
wegwerfen will –
Gott sammelt mich wieder auf!
Wenn ich mich selbst ablehne –
an Gott kann ich mich anlehnen!
Wenn ich mich selbst nicht
leiden kann –
Gott nimmt mein Leid auf sich!

Beim Rückzug in die innere Emigration kommt noch ein 2. Fehler hinzu: Du willst deine Persönlichkeit abschirmen und schützen, damit du nicht noch mal solchen Frust und Hohn, solches Gelächter ertragen musst. „Vorsicht" wird dein Leitwort. Du ziehst dich in eine Schale der Stille und Einsamkeit zurück, verziehst dich in dein Schneckenhaus und gehst kein unnötiges Risiko mehr ein.
Dieser Rückzug ist allerdings gefährlicher als die Verletzungen durch andere. Der, der sich in seine vier Wände zurückzieht, wird einsam. Der, der versucht, Konflikten aus dem Weg zu gehen, wird

immer untergebuttert. Er zerstört sich schleichend, und sein tödliches Selbstbild wird immer fester.

Merkst du, was Worte, was harmlose Witze, Ausgrenzungen oder kurze Bemerkungen anrichten können? Du hast es vielleicht gar nicht so ernst gemeint, aber deine Worte haben fatale Folgen. Merkst du, wie entscheidend eine gute Beziehung sein kann, wie wichtig gute Freunde sein können?

Wenn du eine Persönlichkeit werden willst, dann setz dich für andere ein. Hilf ihnen, dass sie ebenfalls zu Persönlichkeiten werden. Sei stolz und dankbar, dass du fähig bist, dich für dich, für andere und für Gott einzusetzen. Oder ziehst du es vor, Invalide zu sein, im Rollstuhl zu sitzen und dich bedienen zu lassen?

Nimm dich ernst, aber nicht zu ernst, arbeite an dir, aber nicht verbissen. Gott hat Geduld mit dir. Und hör auf, dich zu vergleichen. Keiner lebt, atmet, lacht, denkt, schreibt und träumt so wie du! Du machst dich kaputt, wenn du dich mit anderen vergleichst!
Es gibt Menschen, die ein schwaches Selbstbewusstsein haben und sich ständig mit denen vergleichen, die stärker, schöner oder intelligenter sind als sie selbst. Sie schießen sich ein Eigentor, weil sie sich entmutigen. Das schaff ich nie so wie der, dann fang ich erst gar nicht an. Der Vergleich mit anderen verleitet dich, dich selbst zu entmutigen. Und dann gibt es andere, die sich gerne mit Menschen vergleichen, die nicht so stark, intelligent und begabt sind wie sie. Aber auch sie schießen sich ein Eigentor, weil sie sich dazu verleiten, immer überheblicher zu werden.

Deshalb hör auf, dich mit anderen zu vergleichen. Vergleich dich höchstens mit dir selbst: Wo warst du vor einem Jahr? Wo hast du dich weiterentwickelt?

Ich stelle mich manchmal in die Fußgängerzone oder in die Nähe von Sehenswürdigkeiten und halte ein Schild vor mich mit der Aufschrift: „Ich bin eine Sehenswürdigkeit".
„Wie meinen Sie das?"
„So, wie's da steht."
„Ja, muss man Sie denn kennen?"
„Müssen nicht, aber es gibt Leute, die mich kennen."
„Ja, kennt man Sie denn vom Fernsehen?"
„Wenn ich eine Sehenswürdigkeit bin, muss ich dann im Fernsehen auftreten?" „Nein, nicht unbedingt."
„Wer oder was ist denn in Ihren Augen eine Sehenswürdigkeit?"
„Leute, die was Außergewöhnliches geleistet haben."
„Und die anderen sind keine Sehenswürdigkeiten, nicht des Sehens würdig? Ich möchte mit den Leuten reden und sie auffordern, nicht nur außergewöhnliche Menschen, Schlösser und Burgen zu bewundern, sondern jeden Menschen als des Sehens würdig anzusehen. Wenn du als Mensch eine ‚gute' Geschichte, eine verwertbare Story hast, bist du des ‚Sehens würdig!' Dann lädt man dich ein zu Talkshows, macht Interviews mit dir, bringt Bücher über deine Story heraus. Aber wehe, du hast eine schlechte Geschichte. Dann landest du als Penner in U-Bahn-Schächten, als abgetriebenes Baby in der Mülltonne oder als Fixer im Park. In Gottes Augen ist jeder des ‚Sehens würdig': jeder Asylant, jeder erfolgreiche Manager, jeder resignierte Selbstmordkandidat, jeder Behinderte, jeder pflegebedürftige alte Mensch, jeder Politiker, jeder Rollstuhlfahrer, jedes Model. Nicht das, was ein Mensch tut und leistet, macht ihn sehenswürdig, sondern dass er ein Geschöpf Gottes ist.
Auch du bist eine Sehenswürdigkeit, selbst mit all deinen Macken, Schwächen, Fehlern und Begrenzungen!"

Und was ist im
Luftballon?
Nur Luft (und
nicht mal heiße).

Kapitel 6

Über Luftballons und andere Sackgassen

Wenn ein Geschäft eröffnet wird, gibt's Luftballons. Wenn eine Partei Werbung für sich macht, verteilt sie Luftballons. Luftballons sind toll, wahnsinnig bunt, sie lenken ab, man schaut nur noch auf sie: Wo fliegen sie hin, was passiert mit ihnen?
Und was ist im Luftballon? Nur Luft (und nicht mal heiße).
Viele Dinge versprechen uns Leben, Lebensqualität und Faszination. Und was kommt hinten dabei raus? Nichts. Nur Luft!

Was gibt es nicht alles für „Luftballons“ im Leben:

★ Alkohol: Manche fangen mit Apfel-Cidre an (da kann man den Alkoholgehalt nicht so schnell riechen), und irgendwann landen sie beim Whisky. Und heute? Heute hängen sie in der Klinik für Alkoholabhängige rum, total abgemagert. KNALL! macht der Luftballon, die Faszination, und von dir bleiben nur noch Fetzen übrig.

★ Andere nehmen Haschisch, Ecstasy oder Crystal Meth und sind begeistert. Und 10 Jahre später? Schlafen sie in den U-Bahn-Schächten von Berlin, Hamburg, München und teilen sich das bisschen Essen mit den Ratten. KNALL! macht der Luftballon, die Faszination, und von dir bleiben nur noch Fetzen übrig.

★ Andere probieren es mit Tarotkarten, Pendel, Voodoo, Tischerücken, Astrologie, weißer Magie, schwarzer Magie, Teufelsanbetung … alles probiert und heute? Heute hat sie der Teufel fest im Griff, sie haben Angst, können nicht schlafen, träumen die verrücktesten Sachen. KNALL! macht der Luftballon, die Faszination, und von dir bleiben nur noch Fetzen übrig.

★ Manche probieren es auch mit weißer Weste – Workaholics! Sie haben nicht den Sternen vertraut, sondern ihrer Arbeitskraft, den Aktien, der Börse in New York, dem Dax, sie haben geschuftet Tag und Nacht – und das Ergebnis? Geschäft gesund, Geschäftsführer krank. Umsätze gingen in die Höhe, die Ehe in den Keller. KNALL! macht der Luftballon, die Faszination, und von dir bleiben nur noch Fetzen übrig.

★ Manche sehen ja auch aus wie ein Luftballon, wenn ich an Dolly Buster denke – aber zwischen Silikon und Leben ist immer noch ein Unterschied. Manche sehen auch aus wie eine Mischung aus Heidi Klum und Sylvester Stallone. Rein äußerlich. Und dann heiratet man so'n Modell oder so'n Muskelprotz, und in den ersten zwei Monaten der Ehe stellt man plötzlich fest: Das ist ja alles nur Outfit, nur Luft, nur Schaumstoff, nur ein Schaumschläger. Was ist mit dem Infit? Die haben sich gestylt, um ihren inneren Schrottplatz zu vertuschen. Äußerlich riecht der Typ wie ein Vertreter aus der Parfümbranche, aber innerlich stinkt er zum Himmel: nach Egoismus, Neid, Eifersucht. Da platzt so manche Faszination. KNALL!

Im Osten, Westen, Norden, Süden jagen wir alle seit unserer Kindheit immer wieder hinter Luftballons her.

Dann bin ich glücklich ...
Mit 1 sage ich: Wenn ich erst mal laufen kann, dann bin ich glücklich!
Mit 4 sage ich: Wenn ich erst mal im Kindergarten bin, dann bin ich glücklich!
Mit 7 sage ich: Wenn ich erst mal das Mountainbike habe, dann ...
Mit 18 sage ich: Wenn ich erst mal Abitur habe, dann ...
Mit 24 sage ich: Wenn ich erst mal mein Examen geschafft habe, dann ...
Mit 25 sage ich: Wenn ich erst mal mein eigenes Geld verdiene, dann ...
Mit 28 sage ich: Wenn ich erst mal Anna geheiratet habe, dann ...
Mit 33 sagen wir: Wenn wir erst mal Kinder haben, dann ...
Mit 39 sage ich: Wenn ich erst mal Abteilungsleiter bei C&A bin, dann ...
Mit 45 sage ich: Wenn wir erst mal das Einfamilienhaus haben, dann ...
Mit 50 sage ich: Wenn ich erst mal pensioniert bin, dann ...
Mit 80 sage ich: Wenn ich erst mal gestorben bin, dann ...

Und alle Luftballons platzen früher oder später, garantiert! Sie versprechen dir mehr, als sie halten können.

Kapitel 7

Was wirklich hält

Kennst du das brutalste Schaufenster der Geschichte? Das brutalste Schaufenster, das du dir vorstellen kannst? Da hängt ein Toter drin.
Ich meine kein Leichenschauhaus,
auch kein Beerdigungsinstitut,
auch kein Werbegag für eine Lebensversicherung.
Ich meine das Schaufenster, in dem Gott sich uns zeigt. Da kannst du ihn persönlich anschauen, ihn sehen, anfassen, bestaunen. Gott wurde Mensch auf dieser Erde, in Jesus. Das ist absolut faszinierend. Hast du schon mal versucht, dir das vorzustellen?

Vielleicht hilft dir eine Geschichte:
Der Oberförster kam in den Wald und sah, dass seine Ameisen auf Wanderschaft zu einem großen Gebirgsbach waren. Er hatte Angst, dass sie in den Tod laufen, schließlich waren sie für die Ökologie des Waldes unabdingbar. So stellte er der ersten Ameise seinen Fuß in den Weg, um sie zu bremsen. Doch die Ameise wusste damit nichts anzufangen und lief darüber weg. Für sie war „Fuß" etwas Unbekanntes und Bedrohliches, schließlich waren ihre eigenen Gehwerkzeuge ganz anderer Art und viel überschaubarer.
Der Oberförster geriet in Panik und merkte, dass die Ameisen nicht verstanden, was er bezwecken wollte. Er legte einen großen Stein auf den Weg, um ihn abzusperren. Doch auch der Stein hinderte die Ameisen nicht daran, ihren Weg zum Bach und in den sicheren Tod fortzusetzen. Sie wussten ja nicht, wohin sie unterwegs waren. Sie wunderten sich nur, dass es, bedingt durch den großen Stein, plötzlich kalt unter ihren Füßen wurde und sie einen Umweg laufen mussten.

Der Oberförster ärgerte sich über die Ameisen und sagte: „Ich könnte aus der Haut fahren!" Nun gut, tatsächlich sah der Oberförster keinen weiteren Ausweg mehr, um seine Ameisen vor dem Ertrinken zu retten, fuhr wirklich aus der Haut und wurde eine Ameise.

Sofort ging er auf die erste Ameise zu: „Stopp, bleib stehen! Ich bin der Oberförster und habe die Übersicht. Wenn ihr hier weiterlauft, lauft ihr direkt in den Bach und somit in den sicheren Tod."
„Haha", lachten da einige Ameisen. „Du bist eine Ameise wie wir und nicht der Oberförster, das ist doch ganz eindeutig zu sehen."
„Doch, ihr müsst mir glauben, ich will doch nur euer Bestes."
„Du spinnst ja!", sagten ihm da die Ameisen.
„Nein, ich will euer Leben retten und euch den richtigen Weg zeigen! Ihr müsst mir glauben. Ich bin zwar eine Ameise, aber eigentlich bin ich der Oberförster."
Eine Ameise sagte „Da könnte ja jeder kommen und behaupten: ‚Ich bin eigentlich der Oberförster.'"
„Ihr habt halt ein Ameisengehirn und könnt es nicht verstehen. Ich habe ja keine andere Wahl gehabt, als Ameise zu werden, weil ihr mich auf keine andere Art verstehen könnt. Wenn ihr mir folgt, führe ich euch in Sicherheit, ihr müsst nur einfach hinter mir hergehen."

Einige Ameisen wurden ärgerlich. „Ey Leute, lasst euch doch nicht verrückt machen! Da kommt irgendeine Ameise dahergelaufen, spielt sich als Oberförster auf und will uns sagen, was wir zu tun haben. Jeder kann sehen, es ist nur eine Ameise wie du und ich. Wir gehen den Weg, den wir schon immer gegangen sind."
Und so ist es dann auch gekommen. Diese Ameisen gingen den eingeschlagenen Weg weiter und landeten irgendwann im Wasser.
Einige der Ameisen aber meinten: „Und was ist, wenn er recht hat?" Sie schlossen sich der Ameise, die eigentlich der Oberförster war, an und ... landeten im LEBEN.

Jesus, der Einzige unter vielen?

Viele Menschen wollten Götter sein, aber nur ein Gott wollte Mensch sein, nämlich Jesus. Absolut einmalig, ein Unikat. Jesus ist der einzige Mensch, der es sich selbst ausgesucht hat, auf dieser Welt geboren zu werden. Und Jesus ist einer der wenigen, die sich selbst entschieden haben, zu sterben. Er sagte sogar, er sei nur zu dem Zweck auf die Erde gekommen, um „sein Leben hinzugeben als Lösegeld für viele" (*Markus 10,45, Luther 1984)*.

Vielleicht sagen einige von euch: „Du machst nur dicke Backen. Kann ja sein, dass Jesus wirklich gelebt hat und auch ein sehr guter Mensch gewesen ist, aber deshalb muss man doch nicht gleich alles glauben, was in der Bibel steht."

Dieses Argument finde ich immer sehr merkwürdig, es geht vorne und hinten nicht auf. Die Einschätzung, dass Jesus ein guter Mensch, ein Weiser, gewesen ist, lässt sich nicht mit seinen Aussagen über sich selbst vereinbaren:

- Jesus nahm für sich in Anspruch, der einzige Sohn Gottes zu sein und mit diesem auf gleicher Stufe zu stehen.
- Er erklärte sich für berechtigt, Sünden zu vergeben.
- Er sagte, er werde eines Tages die Welt richten; und worauf es dann ankomme, sei, wie wir in diesem Leben zu ihm gestanden hätten.

Ein Mensch, der wirklich nur ein Mensch ist und derartige Dinge von sich behauptet, wäre kein großer Morallehrer. Er wäre entweder ein Verrückter, genauso wie jemand, der sich als Wiedergeburt von Michael Jackson versteht, oder er wäre der größte Aufschneider aller Zeiten.

Man muss sich entscheiden: Entweder war und ist Jesus der Sohn Gottes, oder aber er war ein Wahnsinniger. Aber fallen wir nicht auf diesen Unfug herein, er sei ein großer Lehrer der Menschheit gewesen. Diese Möglichkeit hat er uns nicht offengelassen.

Manche meinen auch, einige Begebenheiten, die die Bibel von Jesus berichtet, seien falsch übersetzt oder fehlerhaft wiedergegeben worden. Meistens geht es hier um seine Wunder – all jene Dinge also, die nach heutigem Wissenschaftsstand nicht nachvollzogen werden können. Interessanterweise kommt keiner auf die Idee, andere Aussagen von ihm, z. B. die Bergpredigt, die selbst viele

Atheisten und Humanisten unterschreiben würden, als falsch übersetzt zu bezeichnen. Mir riecht das stark nach Unredlichkeit: Das, was ich nicht verstehe oder glauben kann, ist falsch übersetzt, und das, was ich unterschreiben könnte, ist natürlich richtig.

Falls es Gott wirklich gibt, ist er von nichts abhängig. Er muss sich nach nichts richten, noch nicht mal nach den Naturgesetzen. Die hat er ja selbst erschaffen. Daher erscheint es mir logisch, dass sein Sohn von einer Jungfrau geboren werden konnte, ist es völlig unproblematisch nachzuvollziehen, dass Jesus und Petrus auf dem Wasser gehen konnten, dass Jesus 5000 Menschen mit etwas Brot und Fisch satt machen oder Wasser in Wein verwandeln konnte. Der Urheber der Naturgesetze ist doch nicht von seinen eigenen Gesetzen abhängig. Er steht darüber.

Jeder, der sich unvoreingenommen auf Jesus einlässt, wird feststellen, dass dieser weder ein Verrückter noch ein Aufschneider war; und deshalb muss ich, so merkwürdig, erschreckend oder unwahrscheinlich es auch klingen mag, der Möglichkeit ins Auge sehen, dass er tatsächlich Gott gewesen sein könnte.

Und jetzt hängt dieser Jesus am Kreuz und behauptet, er sei der Weg, die Wahrheit und das Leben. Ist das nicht ein totaler Widerspruch?
Hängt am Kreuz und sagt: „Ich bin der Weg." Das kann doch nicht sein, am Kreuz ist Ende, das ist doch eine Sackgasse!
Hängt am Kreuz und sagt: „Ich bin die Wahrheit." Es sieht aber so aus, als sei er kläglich gescheitert, als hätte er uns mit seinen Reden belogen.
Hängt am Kreuz und sagt: „Ich bin das Leben." Aber er stirbt doch. Das ist doch kein Leben. Das ist die absolute Volksverdummung.

Und Jesus hängt am Kreuz und sagt zu mir: „Das ist meine Logik, Gottes Logik, 1+1=3." Sag ich: „Ja, typisch Gott. 1+1=3, meine Logik lautet 1+1=2." Fragt Jesus: „Was heißt das?" „Was das heißt? Bei mir regiert meine Logik. Haust du mir eine in die Fresse, hau ich dir eine in die Fresse, kommst du mir blöd, komm ich dir blöd."

Und Jesus antwortet:
„Bei mir ist es umgekehrt: Ignorierst du mich, lasse ich dich nicht im Stich,
wenn du keine Zeit für mich hast, ich nehme mir Zeit für dich,

wenn du mich ans Kreuz schlägst, schreit dir aus jeder Wunde entgegen: „Ich liebe dich; wenn du an mir achtlos vorbeigehst, achte ich dich weiter, wenn du fies bist, link, voller Hass und Missachtung, voller Intrige, Lüge und Diebstahl, ändert das nichts an meiner Liebe zu dir."
Sage ich: „Ja, aber Jesus, das ist doch total unlogisch!"
Sagt Jesus: „Nein, das ist Gottes Logik."

Und plötzlich wird mir der Unterschied klar: Bei der menschlichen Logik verkaufen sie mir vorne mehr Lebensqualität, als sie hinten halten können. Was kommt denn heraus bei uns? Müllberge, Ozonloch, kaputte Ehen, Alkoholabhängige, Arbeitslose Resignierte, Einsame. Im Schaufenster des Lebens verkaufen sie uns das große Glück, aber hinten gibt's nur Tod. Vorne hängen Luftballons, und hinten gibt's nur heiße Luft.

In Gottes Schaufenster hängt vorne Jesus am Kreuz und krepiert für uns, und hinten gibt's das wahre Leben. Wir brauchen nicht mehr resignieren. Wir können endlich aufatmen. Wir können leben, statt nur zu überleben. Wir brauchen nicht mehr selbst mit unserer Schuld fertigzuwerden, weil Jesus sie mit ans Kreuz genommen hat. Über seinem Schaufenster steht: „Laden des Lebens". Und langsam kapiere ich, dass Jesus alles andere ist als ein Luftballon, der nur mal kurzfristig fasziniert. Jesus, einer unter vielen? Nein. Viele brauchen den einen.

Kapitel 8

Leben ohne Ende

Stell dir einen Forscher vor, der mit einem Telefonbuch ankommt und dir erklärt, dass sich dieses im Laufe von Milliarden von Jahren ganz von alleine zusammengefügt hätte. Du würdest ihm wahrscheinlich antworten, dass das unvorstellbar ist und warum er so einen Mist labert! Aber er erwidert, du müsstest es dir halt in großen Zeitabständen vorstellen.

Ich weiß nicht, was du davon halten würdest. Wahrscheinlich würdest du ihn für verrückt erklären. Nichts entsteht von selbst, erst recht nichts Kompliziertes und Intelligentes.

Ich bin kein Mathematiker, aber die Wahrscheinlichkeit, dass sich ein Telefonbuch im Laufe von Jahrmillionen von selbst zusammenfügt, läuft Richtung null.

Dasselbe gilt für das Universum: Zu glauben, dass sich die Erde samt den Menschen, Tieren und Pflanzen im Laufe von Jahrmillionen selbst entwickelt hat, muss schwieriger sein, als zu glauben, dass hinter allem eine intelligente Macht steht, die es erschaffen hat.

1 und 1 sind 2 – darauf beruht ein großer Teil der Mathematik. Das kann ich nicht beweisen, nicht hinterfragen. Aber wenn ich davon ausgehe, ist alles andere, bis hin zu den kompliziertesten Rechen-

arten, logisch. Es kommt also nicht darauf an, ob ich glauben kann, dass 1 und 1 gleich 2 ergibt, sondern ob ich davon ausgehen kann, ob ich es glauben will.

Die Evolution ist eine weltweit anerkannte Theorie, nicht weil sie bewiesen werden könnte, sondern weil sie die einzige Alternative zur Schöpfung ist, an die wir nicht glauben wollen, hat der Biochemiker James D. Watson mal gesagt.

Ich persönlich kämpfe (nicht mehr) pro oder kontra Evolutionstheorie, es gibt Wichtigeres. Mein Ziel ist nicht, die Evolutionstheorie auszuhebeln.
Was mich allerdings stutzig macht, dass kritische Fragen an die Evolutionstheorie nicht gestellt werden dürfen – egal ob von Christen oder Nichtchristen –, diese Leute werden mundtot gemacht, bekommen keine Forschungsgelder, keine Verlage, die ihre Bücher vertreiben etc. – es gibt sehr viele ungelöste Fragen. Es ist halt „politisch nicht korrekt", Anfragen an die Evolution zu stellen, weil ein Tabubereich berührt wird.
Ich kann nicht beweisen, dass Gott existiert und er der Ursprung des Lebens ist. Genauso wenig wie Wissenschaftler beweisen können, dass das Leben sich durch einen Urknall, durch Urschlamm

oder durch Energieströme entwickelt hat. Es gibt intelligente Wissenschaftler, die an Gott glauben, und es gibt intelligente Wissenschaftler, die nicht an Gott glauben. Die Intelligenz entscheidet nicht, ob jemand glaubt oder nicht. Wenn ich glaube, dass ich nicht von einem Schöpfer erschaffen, sondern das Ergebnis eines Zufalls bin, dann muss ich auch alle Wertmaßstäbe als Zufall ansehen. Dann gibt es kein Gut und Böse, keine allgemein gültigen Wertmaßstäbe. Dann ist alles gleich gültig. Gleichgültig.

In der Bibel wird beschrieben, dass nicht der Zufall das Leben hervorgebracht hat, sondern dass Gott den Prototypen „Mensch“ geschaffen hat. Er nahm einen Klumpen Erde und machte aus lebloser Materie, aus Dreck, aus Staub, aus Schlamm mal so mir nichts dir nichts einen kompletten menschlichen Körper.

Man kann auch sagen, er war der erste Töpfer. Und weil zu jedem Topf auch ein Deckel gehört, hat er gleich zwei Menschen gemacht.
Jetzt stand der Prototyp Mensch vor ihm, aus Lehm geformt, aber leblos. Und nun tut Gott wieder etwas, das nur er kann: Er erschafft aus toter Materie Leben. Er begeistert den Klumpen, haucht dem Prototypen seinen Geist ein. Wie man einen erfrorenen Vogel anhaucht, dass er wieder wach wird. Das war die Uraufführung des Menschen.

Fühlst du dich auch manchmal wie der letzte Dreck? Dann lass dich doch von Gott veredeln. Da, wo er dir seinen Geist einhaucht – und wir ihn hauchen lassen –, da fängt in unserem Leben wieder Leben an. Vorher waren wir vielleicht irgendwie da, haben existiert, aber ob man das schon Leben nennen kann?

Gott setzte uns damals ins Paradies. Er wollte für uns das volle Leben. Aber wir haben uns nicht an die Spielregeln gehalten. Klar, wer sich nicht an die Spielregeln hält, bekommt einen Platzverweis – und schwupps, waren wir draußen.

Das Paradies war unser Ausgangspunkt. Dort war alles so, wie Gott es sich vorgestellt hatte: es gab kein Leid, keine Krankheiten, keine Depressionen, Rezessionen, Inflationen, keine Frustrationen und Aggressionen, kein McDonald's, keine Mafia, keinen Krebs, kein Aids, keine Aktien, keinen Dax, kein Fax; aber Lachs, den gab's – und alles war gratis. Alles, was du getan hast, gelang dir, du hattest Arbeit, aber du wurdest nicht müde und kaputt, es machte Spaß und hatte Sinn. Das Paradies war unser absolutes Zuhause.

Wenn ich weiß, dass das Paradies unser Ausgangspunkt war, und bei dieser Erkenntnis stehen bleibe, nützt mir das ziemlich wenig. Die Frage wäre doch, ob es eine Möglichkeit gibt, dort wieder zu landen. Natürlich ist es wichtig zu wissen, woher ich komme, aber entscheidend ist die Frage nach dem Wohin. Das Woher kann ich nicht bestimmen, aber die Frage nach dem Wohin kann ich beeinflussen. Ich kann mich entscheiden, wo ich hingehe.

Wir sind vom Platz gestellt worden, aus dem Paradies geflogen, wir haben die Rote Karte bekommen. Tod, Ende, Sackgasse – die Welt, wie sie jetzt existiert, war nicht die Erfindung Gottes. Aber: Sie ist auch nicht die Endstation. Gottes Ziel, sein Wunsch, seine Sehnsucht ist ewige Gemeinschaft mit uns, mit dir, mit mir. Er möchte ewig mit uns leben. Viele stellen sich ja unter „ewig" einen Zeitbegriff vor. „Das dauert ja ewig" (bei manchen Predigten geht einem das so). Ewig ist aber vielmehr ein Qualitätsbegriff. Gott bietet uns ein Leben in unbegrenzter Qualität, ohne Zeitbegrenzung, ohne Verfallsbegrenzung, ohne Wertverlust oder irgendwelche anderen Einschränkungen an.

Das Problem ist nur: Es gibt zwischen dieser kaputten Welt und Gottes Welt keine Verbindung. Das ist wie Wasser und Feuer. Entweder wird das Wasser das Feuer löschen, oder das Feuer wird das Wasser zum Verdunsten bringen. Je nachdem, was stärker und mächtiger ist. In Gottes Bereich gibt es nichts Negatives, keine Sünde. Wie können wir also je wieder dorthin gelangen? Durch Jesus. Er hat die Aufgabe, Brücke zu sein zu Gott. Er ist die Eintrittskarte für die Ewigkeit, das Ticket für das Paradies.

Du kannst nichts mitnehmen, aber er kann dich mitnehmen, vorausgesetzt, du lässt dich mitnehmen.
Wenn du eine Beziehung zu ihm hast, befreit er dich von dem Virus, der dir den Himmel versperrt und den die Bibel „Sünde" nennt. Jesus sagte, er sterbe für uns. Das Wörtchen „für" bedeutet hier „anstelle von". Jesus starb für uns, weil er uns liebt und deshalb nicht wollte, dass wir für alles büßen müssen, was wir an Schuld auf uns geladen haben. Dass er ans Kreuz ging, bedeutete: „All das nehme ich auf mich." Warum das nötig war, verdeutlicht die folgende Geschichte.

„Ich fuhr mit meinem Fahrrad auf einer Straße, wo ich nichts zu suchen hatte, weil es eigentlich einen Radweg gab. Ich machte Faxen, um meinen Freunden zu imponieren. Plötzlich kam ein Autofahrer mit Tempo an, konnte nicht bremsen und musste sich entscheiden: ‚Fahr ich den Jungen über den Haufen, oder fahre ich vor den Baum?' Er lenkte das Auto vor den Baum und war auf der Stelle tot. Der ist buchstäblich für mich gestorben. Eigentlich hätte es mich treffen müssen."
Ein Mann opfert sein Leben. Er hätte das nicht tun müssen. Er war ja im Recht. Die Schuld trägt eindeutig der Junge.

Alle Vergleiche hinken, so auch diese Geschichte: Jesu Tod war kein tragischer Unfall, der hätte vermieden werden können. Es gehörte zu seinem Auftrag, sein Leben mit einem Opfer für uns zu beenden. Vielleicht sagst du jetzt: „Ich bin gar nicht so schlecht. Eigentlich denke ich nicht, dass jemand für mich sterben muss." Das Verrückte dabei ist, dass du gar nichts tun brauchst, um Schuld auf dich zu laden.

Noch mal ein Vergleich: Was hat ein französisches Baby dazu beigetragen, dass es Franzose geworden ist? Nichts! Du kannst nichts machen, um als Franzose geboren zu werden. Du kannst dich auch nicht dagegen wehren. Du wirst geboren, und dann ist es einfach so. Du kannst noch kein einziges französisches Wort, warst noch nie auf dem Eiffelturm, hast noch nie Rotwein getrunken, bist aber trotzdem schon ein ganzer Franzose.
Genauso ist jeder Mensch, der geboren wird, Sünder. Er braucht gar nichts dafür zu tun. Selbst ein Baby, das noch keine Steuern hinterzogen, keinem die Zunge rausgestreckt hat, keinen Bankraub organisiert und niemandem vors Schienbein gepinkelt hat.
Sünde kann man auch vom Wort Sund ableiten. An der Ostsee gibt es z. B. den

Jesu Tod war kein tragischer Unfall,
der hätte vermieden werden können.

Ort Stralsund. Da ist eine kleine Insel entstanden, und die Trennung zwischen Festland und Insel nennt man Sund. Wir sind von Gott, dem „Festland", getrennt und leben auf unserer Insel (Sünde).

Sünde ist ja eigentlich auch keine Tätigkeit, sondern ein Zustand. Nämlich der Zustand, von Gott getrennt zu sein. Deswegen gibt es auch keine Mehrzahl von Sünde. Getrenntsein von Gott kann ich nicht steigern. Das, was wir Sünde nennen (Raub, Mord, Lügen ...), ist eigentlich gar keine, sondern nur ihre Auswirkungen. Weil wir nicht bei Gott sind, haben solche Dinge Platz in unserem Leben.

Je älter man wird, umso mehr spürt man es: in Worten, Taten und Gedanken.
Der Lohn für die Sünde, das Ergebnis eines Gott-losen Daseins, ist der Tod. Und diesen Tod hat Jesus für uns auf sich genommen. Wenn es brennt, gibt es verschiedene Arten zu löschen!
Wenn Papier brennt und ich es löschen will, na logisch, tue ich Wasser drauf. Aber nicht jedes Feuer kann mit Wasser gelöscht werden. Wenn etwa Fett in der Bratpfanne brennt, muss ich versuchen, das Feuer zu ersticken (etwas drüberlegen oder mich draufsetzen. Du bist danach zwar „tätowiert", aber das ist ja Trend im Moment ...). Bei einer Kerze reicht etwas Sauerstoff, indem ich puste. Aber wenn ein Haus brennt, sollte ich Fenster und Türen geschlossen halten, damit der Sauerstoff das Feuer nicht noch weiter anheizt. Welche Löschmethode anzuwenden ist, hängt immer von dem Feuer ab.

Außergewöhnliche Probleme bedürfen außergewöhnlicher Lösungen.
Es gibt auch sehr komplizierte Brände: Als die Ölraffinerien im Golfkrieg gebrannt haben, mussten Spezialfeuerwehrleute aus den USA kleine Bomben werfen, die den riesigen Feuerherd verteilten – aus einem großen Feuer machten sie viele kleine Feuer, die man dann leichter löschen konnte. Es gibt auch Brände, bei denen man einen Brand legen muss, um sie zu löschen: Einen Waldbrand in Kanada etwa – nur ein abgefackeltes Feld, wo die Flammen nicht weiterkönnen, hält ihn auf.
Wer sich auf dieses abgefackelte Feld stellt, wird nicht mehr vom Feuer und Tod bedroht.

Es gibt einen Tod, mit Namen „Sünde“, den kann ich nur besiegen, indem ein anderer diesen Tod erleidet, ein anderer mit Namen „Jesus“. Jesus ist für uns zum Sünder geworden, zur Sünde, zur Trennung. Jesus ist am Kreuz gestorben für unsere Schuld, und damit ist er Brücke geworden über den Sund, und wir haben wieder die Möglichkeit zum Festland zu gelangen. Wenn du dich „auf Jesus stellst“, ihm vertraust, dass er deine Schuld bezahlt hat, wird er dich nach deinem Tod in seine Ewigkeit mitnehmen, in das ewige Leben. Alle, die ihm nicht vertrauen, werden „leider“ ernst genommen, sie werden nicht von Gott gezwungen, eine Ewigkeit mit ihm zu verbringen. Sie werden, so wie sie sich entschieden haben, eine Ewigkeit ohne Gott leben, was die Bibel mit Hölle bezeichnet.

Zum Nachdenken

Zum Nachdenken

Er hat niemals ein Buch geschrieben.
Nie hat er ein Büro gehabt.
Nie eine Familie oder ein eigenes Haus.
Er ging nicht zur Uni.
Niemals besuchte er eine große Stadt.
Niemals ging er weiter als 250 km von dort weg, wo er geboren wurde.
Er hatte nie Beglaubigungsschreiben, nur sich selbst.
Er war erst 33, als die Flut der öffentlichen Meinung sich gegen ihn kehrte.
Seine Freunde rannten weg.
Er wurde von seinen Feinden überwältigt und ging durch den Spott der Verhandlung.
Er wurde ans Kreuz genagelt zwischen zwei Verbrechern.
Während er starb, spielten die Soldaten um seine Kleider, das einzige Eigentum, das er besaß.
Als er tot war, wurde er in ein geliehenes Grab gelegt, das ein mitleidender Freund zur Verfügung stellte.
19 Jahrhunderte sind gekommen und gegangen.
Alle Armeen, die jemals marschierten,
alle Schiffe, die jemals segelten,
alle Parlamente, die jemals tagten,
alle Könige, die jemals regierten –
all das hat das Leben des Menschen auf Erden nicht so bewegt wie Jesus.

Heute, zweitausend Jahre nach seinem Tod, lebt er noch immer, verändert Menschen und bringt neue Hoffnung.

Gebet

So weit, Gott,
habe ich heute
alles richtig gemacht.
Ich habe niemanden verleumdet,
habe meine Beherrschung nicht verloren,
war weder gierig noch unleidlich,
nicht ekelhaft und nicht selbstsüchtig
und auch nicht unnachsichtig.
Ich bin sehr dankbar dafür.
Aber in wenigen Minuten, Gott,
werde ich aus diesem Bett aufstehen.
Und von da an benötige ich
möglicherweise ein wenig mehr Hilfe.
Amen

ABCDEF
GHIJKL
MNOPQR
STUVW
XYZ

DAS KLEINE ABC

Arbeit macht Spaß, aber wer kann schon Spaß vertragen?
Beten ist hören auf Gott, nicht Gott bereden.
Chancen haben in unserer Gesellschaft leider die etwas mehr, die Geld haben.
Die Bibel ist wie ein Handbuch für einen Computer, da verstehe ich auch nicht alles und brauche Menschen, die mir manches erklären.
Erfolg darf nie Fundament des Lebens werden.
Finsternis ... uhhhha!!
Gott ... ahhhh!!
Himmel ist da, wo Gott zum Zug kommt.
Ich kann nicht ewig Ei sein! Entweder werde ich faul, oder ich schlüpfe aus.
Jesus – oft kopiert, nie erreicht.
Krieg ist nicht die Anwesenheit von Waffen, sondern die Abwesenheit von Liebe.
Liebe kann man nicht kaufen.
Man muss gegen den Strom schwimmen, um an die Quelle zu gelangen.
Niveau ist keine Hautcreme!
Originale werden geboren – Kopien sterben.
Paradies heißt ewige Gegenwart Gottes.
Querdenker sind gefragt.
Reichtum – eine heimtückische Falle.
Sünde ist kein Tätigkeitswort, sondern ein Zustand.
Tod tut weh – und das für immer.
Urlaub braucht nur der, der sich die Arbeit nicht richtig einteilt.
Wünsche dürfen wir Gott gegenüber äußern, sollten die Erfüllung aber ihm überlassen.
Zeit vergeht nicht, der Mensch vergeht, die Zeit bleibt.

KONFIRMATION

K irche is nix für mich! Trotzdem Mitglied werden?
O der sich doch für Gott entscheiden?
N ur wenn mich keiner auslacht!
F ußball macht halt mehr Bock!
I mmerhin ist Jesus für mich gestorben.
R uhe vor meinen Freunden habe ich auf jeden Fall, wenn ich nicht zu intensiv Christ bin!
M öchte nur wissen, ob diese Ruhe trägt?
A uf jeden Fall möchte ich wissen, was mein Leben für einen Sinn hat!
T ausende leben doch auch ohne Gott sehr gut, warum brauche ich ihn denn unbedingt?
I mmerhin bin ich ja nicht dagegen, wenn es Menschen gibt, die an Gott glauben ...
O b die Konfirmation alleine mich zum Christen macht, glaub ich ja kaum!
N atürlich denke ich bei Konfirmation weniger an Gott als mehr an die Geschenke und an das Geld.

PS Nach einer Untersuchung hat jeder Konfirmand durchschnittlich 35 Stunden Konfirmandenunterricht mitgemacht. Jeder Konfirmand erhält im Durchschnitt ca. 1.500,– € am Ende seines Unterrichts als Geschenk, das macht einen Stundenlohn von etwa 43,– €. Was will man eigentlich mehr?!

An den lieben Gott!
Entschuldigungsschreiben

Bitte entschuldige mein Fehlen bei Gottesdienst

am ____________ und ____________ und ____________ und ____________ vielmals.

Der Anlass für mein Fernbleiben war:

- ☐ verpennt bzw. verschwitzt
- ☐ schlechte Gottesdienstzeit
- ☐ Spaziergang im Wald
- ☐ Brechreiz, Kopfschmerzen
- ☐ Völlegefühl
- ☐ Keinen Bock
- ☐ So 'ne Art Malaria
- ☐ Aktuelles Sportstudio hat überzogen
- ☐ Videonacht eingelegt
- ☐ Wäsche in der Reinigung
- ☐ Kein Schlaf wegen Familienfeier
- ☐ Nur Wortgottesdienst
- ☐ Musste auf den Braten aufpassen

In Ehrfurcht / Mit freundlichem Gruß / Bis auf Weiteres / Bis bald

Dein/Deine ________________________
(deutlich lesbare Unterschrift)

Bildnachweis

Alle Bilder von fotolia

S. 3 © HAKKI ARSLAN, S. 4, 18 + 19 © beaubelle, S. 5, 28, 31, 88 + 89 © wooster,
S. 5, 8, 51, 53, 64, 65, 77, 90, 91, 93 © Nik_Merkulov, S. 6, 15, 23, 32, 40, 55, 61, 69 © hugolacasse,
S. 7, 58, 63, 75 © HAKKI ARSLAN, S. 7 © Photocreo Bednarek,
S. 8 © sakkmesterke, S. 8, 21, 26, 41, 44, 48, 50, 62, 69, 73, 77, 87 © donatas1205,
S. 9, 47, 81 © pywork, S. 10 + 11 © oneinchpunch, S. 12 © rasstock, S. 14 © eevl,
S. 16, 17, 21, 26, 41, 44, 48, 50, 59, 60, 62, 84, 87 © Mike McDonald,
S. 18 © fotovika, S. 21 © Nejron Photo, S. 22 © eldadcarin, S. 22, 58 + 59, 84, 93 © Lizard,
S. 23, 33, 86 © Seamartini Graphics, S. 24 + 25 © Kaponia Aliaksei, S. 26 © Nicole Hofmann,
S. 28 © Piotr Marcinski, S. 33 © Alliance, S. 34 + 35 © Syda Productions, S. 36 + 37 © Liaurinko,
S. 38 + 39 © ViewApart, S. 41 © lassedesignen, S. 42 + 43 © ViewApart,
S. 44, 45 © Syda Production, S. 48 © yanlev, S. 48 © Siberia, S. 49 © sk_design,
S. 50 © Sabphoto, S. 51 © Picture-Factory, S. 52 © Amir Kaljikovic, S. 54 © laszlolorik,
S. 54 + 55 © Jan Engel, S. 56 © Michaela Steininger, S. 56 + 57 © lassedesignen,
S. 58 + 59 © dubova, S. 60 © nito, S. 62 © Antrey, S. 63 © eevl, S. 65 © kstudija,
S. 66 + 67 © Kaponia Aliaksei, S. 68 © © Tom Wang, S. 69 © Patrizia Tilly
S. 70 + 71 © lassedesignen, S. 70 + 71, 72 + 73 © sayasha, S. 75 © mikhail_kayl, S. 77 © Elenarts,
S. 77 © iko, S. 78 + 79 © Jürgen Fälchle, S. 82 + 83 © stillkost, S. 84 © sognolucido,
S. 85 © kaisorn, S. 87 © laszlolorik, S. 88 + 89 © lassedesignen, S. 90 © Sylverarts,
S. 92 + 93 © Syda Productions, S. 94 + 95 © Khorzhevska